实践版

瓦乐比运动会

［瑞典］马丁·维德马克　著　［瑞典］海伦娜·威利斯　绘
徐昕　译

湖南文艺出版社 HUNAN LITERATURE AND ART PUBLISHING HOUSE　小博集

这本书属于：

目录

终于放暑假了!很快就要开紧张刺激的瓦乐比运动会了,此时此刻,瓦乐比的所有人都是运动狂人!
我和玛娅正在进行高强度训练,准备参加最后一个项目:单腿跑。

接着来，拉塞，
用力！
不过，跟往年一样，我们还打
算把暑假用在思考和做一些杂
事上面。看看这个。
自行车

瓦乐比运动会

瓦乐比的足球场上聚集了好多人。看台上阳光灿烂，坐满了孩子和大人。大家享受着夏日时光，享受着瓦乐比运动会即将开幕的兴奋。

吕内·安德松——小城宾馆那位爱生气的前台接待员——坐在图乐·穆蒂格的边

吕内

上，正盯着桌子上那个巨大的奶油蛋糕。

米兰达和她的小猴子西尔弗斯特在他们身后坐下。

“获胜的那支队伍可以吃这个蛋糕。”吕内对图乐说。

“你很想吃吗？”图乐问。

吕内·安德松舔舔嘴唇，点了点头。西尔弗斯特模仿吕内的样子，也舔了舔嘴唇。

米兰达笑了起来，向前探出身子，问："那你为什么不参加比赛呢？如果你参加比赛并赢了，你就可以吃到蛋糕了。"

"我受伤了，"吕内解释说，"不然的话我会很高兴参加的。"

图乐疑惑地看着吕内。

"我膝盖窝疼。"吕内解释。

"这样啊。"图乐说。

"嘘，"吕内小声说，"开始了。"

大喇叭刺啦刺啦地响了起来，然后传出警察局长的声音。

"亲爱的观众们，亲爱的参赛者们，欢迎来到瓦乐比运动会的现场！"他大声说。

大家鼓掌。

警察局长继续说："跟往年一样，我们将欣赏一场刺激又诚信的比赛，比赛双方是瓦乐比和我们的好邻居索尔贝卡。"

“瓦乐比！瓦乐比！瓦乐比！”观众席中，一部分人挥舞着红黑两色的旗子高喊。

另一部分人立刻回应：“索尔贝卡！索尔贝卡！索尔贝卡！”

索尔贝卡的支持者们挥舞的是蓝白两色的旗子。

当观众们稍稍平静下来后，警察局长继续说：“跟往年一样，我们将进行五个项目的比赛。”

图乐兴奋地在吕内·安德松耳边小声说：“学小狗跑、少步跨越、跳宽、往后跳和单腿跑。”

吕内没有回应，而是继续盯着那个奶油蛋糕看。

看台的后面，两支队伍正在热身。拉塞和玛娅将参加最后一项比赛：单腿跑。两人合作进行比赛，每人用一条腿跳跃前进。

“记好了，玛娅，”拉塞说，“你不要搂我的腰！”

玛娅故意捉弄拉塞，戳了一下他的腰，拉塞笑了起来。

“不！你知道我怕痒。你得扶住我的肩膀。”

“我知道，”玛娅笑着回答，“我保证。”

牧师在做俯卧撑，他喘着气，满头大汗。

“别这么激动，”穆罕默德对他说，“等比赛开始了你就没力气了。”

“再做三个，”牧师喘着气说，“为了瓦乐比……还有耶稣。”

“什么时候开始？”艾薇·罗斯问，“我好紧张。”

艾薇亲了一下她的狗狗卡尔－菲利普，它正躺在一块毯子上看着它的主人。

“我也紧张极了。”佩妮拉·格伦小声说。她平时在博物馆收银台工作。

拉塞和玛娅分别看了一眼对方，笑了笑。

“比赛会很刺激的。”玛娅说。

“如果我们赢了，我们就能得到奶油蛋糕。”穆罕默德说。

“哎哟，好大的奖品啊。”牧师回应。

他做了最后一个俯卧撑，然后瘫倒在地上。

警察局长喊第一个项目的参赛者入场：“今天的第一项比赛是——学小狗跑。”

“是我！”艾薇·罗斯小声说。

她看起来紧张极了，眼睛瞪得圆圆的，就像硬币一样。

“会很顺利的。”玛娅鼓励她。

“应该没有人比你更清楚怎么学小狗跑了吧？”拉塞说。

艾薇点了点头：“整个春天，我每天都跟卡尔－菲利普一起训练，风雨无阻。”

她看上去镇定了一些，玛娅在艾薇屁股上轻轻拍了一下，示意她往比赛场地那边走。

当艾薇和索尔贝卡的参赛女选手在起跑线上各就各位时，观众们的欢呼声更响了。

“你们比的是谁先跑到旗子那里，”警察局长说，“你们必须手脚并用地跑。”

“学小狗跑。”玛娅小声对拉塞说。

“我认为艾薇会赢。”拉塞说。

警察局长按动了发令枪，两位选手出发了。

艾薇屁股朝天地跑着，她的速度极快。

“好样的，艾薇！”穆罕默德喊着。

“是她领先！”牧师大喊着，“瓦乐比！瓦乐比！瓦乐比！”

可是当艾薇跑过一个水桶时，她突然停了下来。她闻了一会儿那个水桶，然后抬起了一条腿。就在这时，另一位女选手超过艾薇，冲过了终点线。

索尔贝卡的支持者们开心得尖叫起来。

“索尔贝卡领先，1 ∶ 0。”警察局长在大喇叭里宣布。比分显示在了公告牌上。

来自索尔贝卡的女选手将奖牌挂在脖子上。那是一块姜味饼干做的奖牌，是迪诺和莎拉在咖啡馆里烤出来的。

艾薇·罗斯迈着沉重的步子走到拉塞、玛娅和其他人那里。

“你为什么要那样做？”穆罕默德生气地问，“你本来都要赢了！”

“卡尔－菲利普总是那样，”艾薇回答，“去闻所有的东西，然后抬起一条腿。对吧，卡尔－菲利普？它是一条非常好的狗。”

可是卡尔－菲利普睡着了。艾薇继续对她的狗说：“对不起，妈妈表现得太差了，你得不到姜味

饼干了，你能原谅我吗？”

加油声此起彼伏，警察局长再次发话了。“现在进行下一项，”他说，“少步跨越！”

“是我的项目！”牧师欢呼着，跑到了赛道上。

他当着观众的面将双手举过头顶，蹦跳了好一会儿。

警察局长解释规则：“顾名思义，这个项目的规则是，到达旗子那里，用的步数越少越好。”

来自索尔贝卡的选手已经就位了。

“他的腿好长啊。”穆罕默德小声说。

“预备，跑！”警察局长喊道。

索尔贝卡的那个高个子男人出发了。他迈着大大的步子，警察局长大声数着他的每一步。

“……27 步，28 步，29 步！只用了 29 步！太棒了，这个纪录真的很难打破。下面轮到牧师了，如果他用的步数比对手少，他就赢了。”

瓦乐比
运动会

“他肯定做不到。”玛娅指了指牧师的小短腿，叹了口气。

瓦乐比的牧师激动地蹦到起跑线处。

“预备，跑！”警察局长再次大声发令。

可是牧师却没有出发，他只是一动不动地站在

那里，面露微笑。

“我说，预备，跑！”警察局长重复了一遍。

这时，牧师跪了下来，将双手的十指紧扣在一起。

“不！”玛娅气急败坏地说，“他这是要祷告，这不是时候啊！”

然而牧师并没有开始祷告，而是将紧扣的双手贴到胸前，直直地躺到了地上。

观众席中发出一阵嘀咕声。

接着，牧师突然动了，他滚了起来！

他没有让双脚碰到地面，就这样一路滚到了旗子前。

然后他站了起来。

他看起来有点晕，因为他摇摇晃晃地走了好一会儿。

“呃……”警察局长在大喇叭里说，“他用了……他用了0步！”

牧师得到了他的姜味饼干奖牌，然后跑回队友

们那里。警察局长在大喇叭里高喊："现在的比分是1：1。"

穆罕默德给了牧师一个紧紧的拥抱，把牧师抱

得几乎喘不过气来。穆罕默德对他抱了又抱。

警察局长人声宣布：“下一个项目是跳宽。”

看台上，吕内·安德松还在盯着那个奶油蛋糕。

“他们应该把它放到冰箱里……”他心想，“不然奶油该坏了。”

“跳宽，”图乐·穆蒂格的眼里闪着光，“这是我最喜欢的项目，我以前就是个很厉害的跳宽选手。”

他们俩身后坐着米兰达，她向她的猴子西尔弗斯特解释说：“你知道我们经常比跳远和跳高，但是在瓦乐比运动会上，我们比的是跳宽。它的规则是，尽可能地横着跳，碰到的空牛奶盒越多越好。”

西尔弗斯特指着获胜者将会得到的那个蛋糕，用含混的猴语回应着米兰达。

在瓦乐比的队伍里，穆罕默德还在拥抱牧师。

“轮到你了，穆罕默德！”牧师被抱得喘不过气来，奋力地说，“你可以把我松开了。”

穆罕默德放开了牧师，牧师大口大口地喘着气。

“有请参赛者出场。”警察局长大声说。

穆罕默德和他的对手进入场地后，芭布鲁·帕尔姆从看台上站了起来。她用双手比了个心形，大喊：“加油！让他们看看你的厉害！”

穆罕默德竖起大拇指做了一个必胜的手势，站到一条线的后面。他做着压腿的动作，拉伸自己的肌肉。

突然，大家听到了什么东西被撕裂的声音！是穆罕默德的短裤绷开了。不过穆罕默德·卡洛特并不在乎这件事，下面该轮到他跳宽了！

他前面有两个高高的架子，上面挂着很多空的牛奶盒。穆罕默德要做的是跳起来，用手臂和腿触碰到尽可能多的牛奶盒。

瓦乐比的这位珠宝店老板起跑了。他高高地跳了起来，将手臂和双腿尽可能地展开。他成功地碰到了四个牛奶盒。观众们欢呼起来，声音最响的要数芭布鲁·帕尔姆。

穆罕默德双手捂着屁股跑回队友们那里。

“干得漂亮，穆罕默德。”牧师欢呼道。

“下面轮到索尔贝卡队。”警察局长在大喇叭里大声说。

来自索尔贝卡的选手露出了自信的微笑，

朝自己的队友们眨了眨眼睛。

“唉，唉，唉，”玛娅小声对拉塞说，“看起来不妙啊。”

索尔贝卡的这位男

选手开始朝挂着空牛奶盒的架子跑去。

接着他侧身一跃而起，在空中将自己的身体横了过来！

他碰到了很多牛奶盒，观众席中响起一阵惊讶的讨论声。

“这好像是……”图乐·穆蒂格小声说，“一种新的跳法！不错啊！”

“呃……”警察局长一边数一边说，“让我们来看看……9个，10个，11个，12个！”

索尔贝卡的支持者们欢呼起来。

过了一会儿，警察局长继续说：“现在索尔贝卡2：1领先，下一个项目是往后跳。”

“别紧张，佩妮拉，”穆罕默德说，“不过现在全靠你了，如果你在往后跳比赛中没有获胜，我们会输掉整个比赛。”

佩妮拉·格伦目光空洞地看着前方。

“我不知道它去哪儿了。”这时艾薇·罗斯说。

“谁？”

“当然是卡尔–菲利普，它刚刚还躺在这里的。”

拉塞 - 玛娅
侦探所

艾薇消失在人群中，去找她的狗。

“祝你好运，佩妮拉！”玛娅说。

索尔贝卡的往后跳选手已经上场了。

“预备，跑！”警察局长大声说。

索尔贝卡的女选手起跑了，她倒退着朝沙坑跑去。

她的一只脚精准地踩到踏板上，腾空而起。她奋力地把腿往上收，然后落到了新铺好的沙子上。

警察局长赶紧跑过去测量，并在沙子里做了记号。接着他跑回麦克风前，说：“1.07 米！”

芭布鲁·帕尔姆——佩妮拉工作的博物馆的馆长——大喊道：“加油，佩妮拉！要比她跳得远！不然我就开除你！”

这下佩妮拉更紧张了，她甚至想临阵脱逃。

“如果佩妮拉不能跳得更远，那么索尔贝卡就3：1领先了。”拉塞说。

“只剩下一个项目，我们不可能赢了。”玛娅回答。

可这时佩妮拉似乎想起了什么，她的脸上露出了一丝微笑。

“预备，跑！”警察局长大喊。

佩妮拉·格伦起跑了。

“可是……她在做什么？”图乐·穆蒂格问，“她在往前跑！”

佩妮拉把速度提到最快，踩着踏板，飞身而起。

她在空中迅速地转了个身，把屁股朝向前面。跃过长长的距离后，她落到了沙子上。

观众席中一片沉默。

“啊哈……”警察局长开口道，“这是一种新式的……”

图乐在座位上大喊：“规则只是说我们必须往后跳，并没有说该怎样起跳。”

“呃，那是自然。”警察局长回应。

“2.43 米，”警察局长在大喇叭里大声宣布，“比

分现在是 2 ∶ 2，还剩最后一个项目。”

“该我们了。”拉塞对玛娅说。

“如果我们赢了，瓦乐比就获胜了。”玛娅回答。

“紧张吗？”

“不紧张，嗯……可能有一点。”玛娅回答。

“记住我怕痒！”

“我保证。”

选手们来到场地上，警察局长在大喇叭里讲解规则：

“参赛者互相搀扶，每人只允许一条腿着地，另一条腿必须凌空。各位选手都明白了吗？”

拉塞、玛娅和来自索尔贝卡的男女选手都点点头。

“现在，瓦乐比运动会的决胜时刻到了！”警察局长大声宣布，“绕过远处的那面旗子，然后返回。各就各位，预备，跑！”

拉塞和玛娅出发了，索尔贝卡的那对搭档紧随其后。拉塞负责保持节奏。“一二、一二……”他数道。

当拉塞和玛娅来到旗子那里准备掉头时，他们的领先优势很大。阳光照在他们身上，汗水从额头上流了下来。

“一二、一二……”拉塞继续喊着。

为瓦乐比加油的观众在看台上尖叫。然而在返回的路程还剩大约一半的时候，玛娅被绊了一下，她的手松了，从拉塞肩上滑了下来，正好落在他的腰上。玛娅扶了一下他的腰，以便继续前进。

但拉塞立刻尖叫起来：“啊！你挠到我了，快住手，玛娅！”

拉塞试着挣脱玛娅，有那么一秒钟，他忘了他们在比赛，他的另一只脚落到了地上……

“瓦乐比被取消比赛资格！”警察局长在大喇叭里大声宣布。

“不，”拉塞气喘吁吁地说，“我真蠢！”

“是我的错，”玛娅叹了口气，“我知道你有多怕痒。”

警察局长将姜味饼干奖牌挂到索尔贝卡那两名选手的脖子上。

随后他指了指记分牌，上面显示的比分是3 ：2。

“好吧，”警察局长总结道，“那就让我们祝贺索尔贝卡成为瓦乐比运动会的获胜方。正如大家知道的那样，等待他们的是那个美味的奶油蛋……”

还没等他说完，一阵巨大的吼叫声响彻了整个体育场！所有观众都惊恐地你看看我，我看看你。是什么声音这么可怕？

这个声音似乎来自看台后面的某个地方。

警察局长放下麦克风，赶紧跑了过去。

“在那里。”玛娅指着一棵大树说。

大家赶紧跑过草坪，朝声音传来的那棵树跑去。

“啊，不，”艾薇·罗斯说，“那不是……”

在那棵树后，卡尔－菲利普正直立起身体，冲着天空吼叫！它的声音尖厉又悲愤。

“小宝贝，你怎么了，快告诉妈妈！”艾薇说。

可卡尔－菲利普没有停止吼叫，反而吼得越来越响了。

“看。”拉塞指了指，说。

一个肉丸子被绳子挂在树枝上，那刚好是卡尔－菲利普够不到的高度。

警察局长把小狗抱起来，好让它能够到肉丸子。这时，艾薇说：“谁会用这种方式折磨一条可怜的小狗？”

艾薇愤怒地看了看树旁的所有人。

“下面继续举行颁奖仪式。”警察局长说。

当观众们回到看台上时，大家发现了一件可怕的事情：那个奶油蛋糕不见了！用来为获胜者举行庆祝仪式的那张桌子上空荡荡的！

拉塞和玛娅赶紧跑到那张原本放着蛋糕的桌子旁。

“有人诱导我们离开体育场。”玛娅判断道。

“办法是把肉丸子挂到树上，”拉塞接过话说，“这样，卡尔-菲利普就会喊叫，大家就会听到。”

“我们离开的时候，小偷偷走了蛋糕。”

这时，图乐·穆蒂格走到拉塞和玛娅面前，小声对他们说："你们也许应该检查一下吕内·安德松，他好像特别想要那个蛋糕。"

"怎么可能是我！"吕内说。他也走过来看案发现场，正好听到了图乐的话。

这时拉塞看到了什么东西。

"玛娅，看！"他说，"指纹！"

"看起来是一双小手的指纹。"

"把你的手伸出来。"警察局长对吕内说。

吕内·安德松很不情愿地照做了。

"太大了，"拉塞说，"这些指纹要小得多。"

"这里还有更多脚印。"玛娅指着草坪说。

"它们似乎指向……"拉塞说。

"指向记分牌。"玛娅说。

拉塞把手指竖在嘴前，让大家保持安静。然后他们悄悄地穿过草坪，朝记分牌那里走去。眼看就

要走到了，这时，他们听到了一个奇怪的声音。

“听起来像是有人在打呼噜。”玛娅说。

他们往记分牌后面看去，看到了……

“西尔弗斯特！”拉塞说。

“是它骗得卡尔－菲利普汪汪直叫，然后偷走了蛋糕，”玛娅说着，笑了起来，“看！它鼻子上还有奶油。”

“你在这里啊！”米兰达大喊，“我找你找了半天。”

这只小猴子醒了过来，吃惊地看着围在它身边的人群。

“该死，”米兰达骂道，“你把获胜者的蛋糕吃了！”

“是啊，”吕内·安德松生气地说，“连一丁点都没分给我们。”

这时警察局长提议，所有人去帕尼尼－本纳德咖啡馆，他自己出钱，请瓦乐比运动会的获胜者吃一个新的奶油蛋糕。

吕内恳求地看着警察局长，警察局长笑着把胳膊搭在这位爱生气的前台接待员肩上，说：“好吧，好吧，吕内，你也可以尝一口！”

咖啡馆

瓦乐比侦探赛

参与问答竞赛，来测试一下你的瓦乐比侦探值有多少！

1 瓦乐比运动会上，图乐·穆蒂格说跳宽是他最喜欢的项目。图乐还喜欢做一件事，是什么？

1. 玩电脑游戏
2. 赌马
3. 演话剧

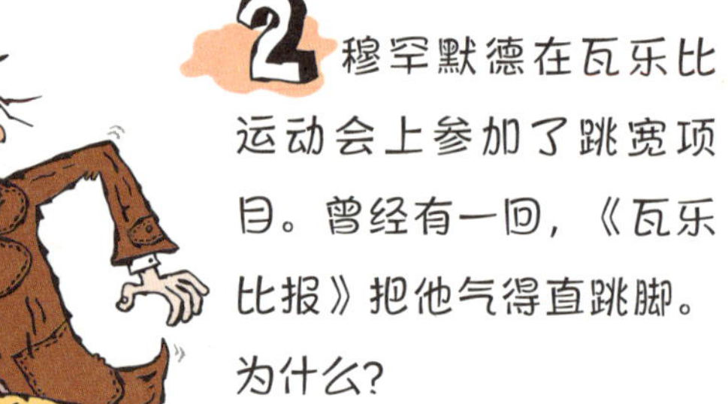

2 穆罕默德在瓦乐比运动会上参加了跳宽项目。曾经有一回，《瓦乐比报》把他气得直跳脚。为什么？

1. 《瓦乐比报》误把前一天的报纸投递给了他
2. 报上的一则有关他珠宝店的广告被印得很丑
3. 一篇文章说他在首饰中用了假钻石

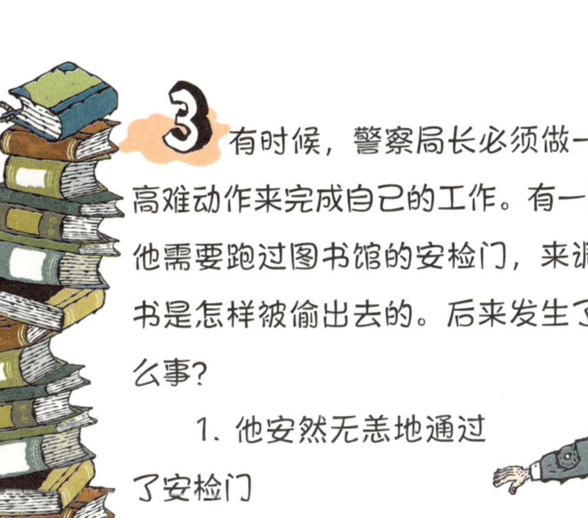

3 有时候，警察局长必须做一些高难动作来完成自己的工作。有一回，他需要跑过图书馆的安检门，来调查书是怎样被偷出去的。后来发生了什么事？

1. 他安然无恙地通过了安检门
2. 他流鼻血了
3. 他的胳膊肘撞到了安检门

4 没有人愿意错过瓦乐比城外那座城堡里的高档巧克力品尝会。可是受到邀请的宾客们要怎样做才能得到冯·伐尔森伯爵的迎接？

1. 他们必须骑自行车前往
2. 他们必须盛装出席
3. 他们必须带上自己的礼物

5 冯·伐尔森伯爵和他的仆人弗洛伊德乘坐的是什么车辆？

1. 带云梯的消防车
2. 带挎斗的摩托车
3. 带涡轮发动机的滑板车

6 帕尼尼－本纳德咖啡馆的莎拉·本纳德不仅能为颁奖仪式烤出美味饼干奖牌，还能参加一个体育项目的比赛。是哪一个项目？

1. 花样滑冰
2. 赛马
3. 游泳

7 在时装秀开始前，拉塞和玛娅闹起了别扭。拉塞在缝衣服，想要参加时装秀。玛娅在做什么？

1. 她试乘了时装设计师的汽车
2. 她骑自行车转了一圈
3. 她把拉塞缝衣服的东西从侦探所里全都清理了出去

8 吕内·安德松对时装秀嗤之以鼻，他只喜欢邮票。时装秀前夜他的行为非常奇怪，以至于他被警察抓了起来。警察怀疑他做了什么？

1. 把参赛者衣服上的接缝剪开了
2. 给时装设计师写了一封可怕的信
3. 在长长的 T 型台上拉了一根绳子想绊人

9 艾薇·罗斯和她的狗卡尔－菲利普越来越像了。在瓦乐比运动会上，艾薇参加了学小狗跑这个项目的比赛；而在时装秀前，卡尔－菲利普穿上了衣服。卡尔－菲利普是怎样得到这些衣服的？

1. 艾薇通过邮购买的衣服
2. 艾薇为它缝制的
3. 它从西尔弗斯特那里得到的

10 时装设计师让－皮埃尔也喜欢他的宠物，它不见的时候他急得发狂。他做了什么？

1. 指责他的员工，把他们全都解雇了
2. 愤怒地离开了瓦乐比
3. 去警察局长那里大哭

11 在瓦乐比运动会上，比赛的奖品是一个奶油蛋糕。而在穆罕默德的生日会上，比的是看谁能为寿星烤出最美味的蛋糕。有几位糕点师参加了角逐？

1. 5 位
2. 3 位
3. 7 位

12 参加穆罕默德生日会烤蛋糕比赛的甜点师们表现得非常奇怪，他们中有一位迅速逃跑了！不过警察局长抓到了这个人，他是怎么做到的？

1. 他定期做跑步练习
2. 他在学校里是 60 米跑的冠军
3. 他鞋子的弹性特别好

13 瓦乐比的牧师有点傻傻的，但有时候他也很狡猾。有一回他试图把非常贵重的书从图书馆里偷出来，这是出于什么原因？

1. 他觉得它们看起来很漂亮、很完好
2. 他想在耶稣升天节那天把它们送给耶稣
3. 他想把它们卖给古董店

14 拉塞和玛娅喜欢一起工作，但有一回，玛娅逼拉塞做俯卧撑、跳绳、骑自行车上坡，拉塞觉得玛娅太过分了！那么高强度的训练是为了什么？

1. 自行车大赛
2. 骑车去瓦乐比赛马场看赛马
3. 骑车去古纳尔松露营地参加帐篷冒险

15 有一回，在帕尼尼－本纳德咖啡馆还叫马尚咖啡馆的时候，所有的蛋糕和面包都卖完了。这是怎么回事？

1. 瓦乐比在举办“咖啡爱好者日”活动
2. 一整支手球队队员来喝咖啡
3. 咖啡馆在更名前将所有糕点降价出售

嘘！

正确答案在第 90 页。

建一座迷宫

向你的伙伴发起挑战，看看谁能最先从一个复杂的迷宫中出来！

这样做：

- 在纸上画一个非常难的迷宫。
- 设计多条巧妙的折返小路，且只设置一个出口。
- 把这个迷宫画在地上，最好是画在沙地或碎石地上。
- 请一个或多个伙伴来走迷宫，每次一个人。
- 计时，最先走出来的人获胜。

小建议：

如果走迷宫的人此前没有见过设计图，那将是最难的。所以设计图要保密。

如果你们是两个人玩，轮流设计和建造迷宫。

入口

这里有一些设计迷宫的建议，你能想到更多的点子吗？

小建议：

你们也可以在迷宫中倒着跑。（那样会难得多！）

入口

出口

出口

让人出汗的记忆训练

你想做个脑力训练吗？

看这幅图——运动会之前整个瓦乐比都在热身——看1分钟。试着尽可能多地记住图上的内容，然后翻到下一页，看看你能回答出多少问题！

M
100 KG
FB

你记住了什么？

4
玛娅在做什么?
答:
5
谁趴在长凳上?
答:
6
最大重量是多少?
答:
7
谁在这上面蹦跳?
答:

谁获胜了？

- 拉塞在第 1 泳道游泳。
- 冠军的泳道在佛朗哥・波罗的右边。
- 牧师的泳道在艾伦・阿斯普和佛朗哥・波罗中间。
- 阿佳塔・裘拉在第 6 泳道游泳。
- 艾伦・阿斯普的泳道在拉塞旁边。
- 阿佳塔・裘拉的泳道在于诺・斯旺旁边。

每个人分别在第几泳道游泳？把名字写在牌子上！
是谁赢得了游泳比赛的冠军？

答：

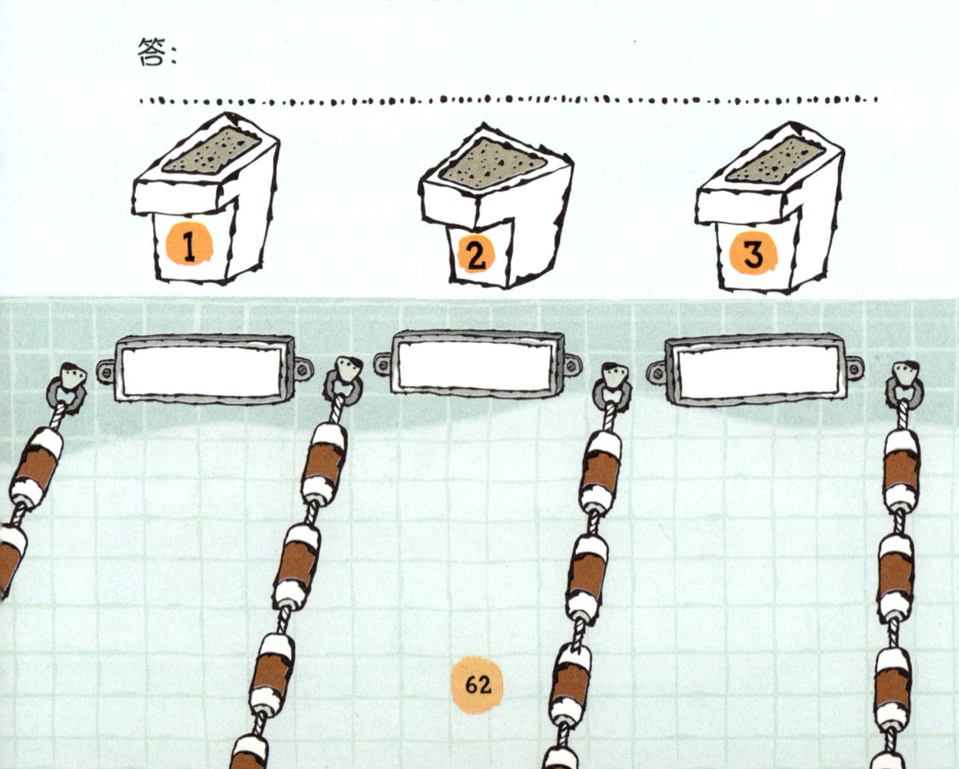

嘘！
这道题的“左”“右”要从你自己的角度来确定。
4
5
6

漂亮的队服

瓦乐比和索尔贝卡要进行足球比赛。瓦乐比的队服会是什么样子的呢？帮助让－皮埃尔设计他们的队服！

嘿，帮帮忙！

帮助让-皮埃
尔设计瓦乐比
的队服。
最棒

培根兄弟的游戏

瓦乐比最调皮的两兄弟——最不听话的培根兄弟——向你推荐好玩的户外游戏。

自然画

一人或多人游戏。

每个人先用树枝在地上摆出画框，然后决定游戏时长，在规定时间内制作出最漂亮"画作"的人赢得比赛。你可以用在大自然里找到的任何东西来代替颜料作画。

寻宝游戏

这个游戏可以分两队玩，也可以只有两个人玩。

一起列一个单子，上面是每个队需要找到的 10 种东西。可以是一朵白花、一个松果，或者是一个塑料袋。分头寻找，最先找到单子上所有东西的一方获胜。

西蒙说

按照西蒙说的去做，而不是按照他做的去做！

一个人演西蒙，由他来决定大家该

做什么。比如他说“西蒙说……单腿跳”。难点在于西蒙同时会做另外一件事，比如拍手，但你们绝对不能拍手，否则就出局了。坚持得最久的人获胜。

冰激凌

捉迷藏

一个多人玩的游戏。

你们分为两队，其中一队把一件宝物藏起来，另一队闭上眼睛。然后闭眼的那一队去追藏宝的那一队。追人的那一队每抓住一个人就获得一条宝物藏在哪里的线索。宝物被找到后两队交换角色。

莎拉和迪诺的能量刺激

你好啊，玛娅，你是要出门做运动吗？你应该知道，运动前吃顿好的加餐很重要。我会吃麦片球和奶昔。

听起来不错！你也一起去健身吧？

呃，现在不行！我……呃……我有一个重要的出警任务！所以最好还是你自己去！

嘘，迪诺！可以给我再来几个这样的麦片球吗？也许可以再来杯奶昔……

麦片球

麦片	去核的枣或是葡萄干
椰蓉	香蕉
豆蔻	蜂蜜

用手动搅拌器或破壁机将所有原料混合在一起。
揉出几个球。
再往盘子里倒一点椰蓉。
把小球放到椰蓉里滚动，直到小球表面被椰蓉覆盖。
在冰箱里放两三个小时，让小球变硬。

奶昔实验

1 根香蕉
200 毫升酸奶
新鲜或冷冻的浆果或其他水果

将所有原料混合在一起，倒进杯子里。

现在可以进行实验了！测试你能想到的水果、浆果和各种口味的酸奶的组合。你也可以在奶昔里加入热可可，或是用肉桂或豆蔻来调味。

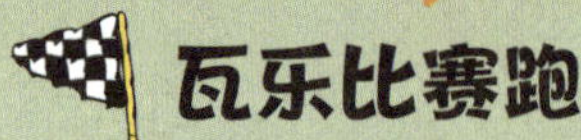

瓦乐比赛跑

找一个朋友发起挑战，来一场充满速度感的瓦乐比赛跑！你们需要硬币或纽扣来作为棋子，还需要骰子来掷点数。

如果你走到了**绿圈**处，你可以再掷一次骰子继续前行，不过前提是你要接受骰子点数对应的挑战！

起点

1
终点
骰子的点数：
你必须：
单腿站立，数到 20
在地板上滚 3 圈
做 3 个前滚翻
跳 1 个自编的舞蹈
做 10 个蛙跳
做上面所有的事

瓦乐比地图

思考题

在地图上画出牧师与芭布鲁的跑步路线！

北
西

东
南

1. 谁会经过游泳馆？

....

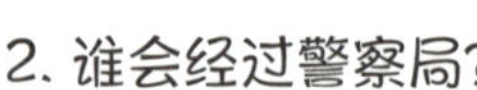

2. 谁会经过警察局？

....

3. 谁经过的邮筒最多？

....

牧师的路线：

- 沿博物馆街往南
- 往东北进入学校街
- 往东进入学校巷
- 穿过码头边的草坪
- 去图书馆
- 去教堂，做一会儿祷告
- 去里奥电影院
- 穿过草坪去医院街
- 往东北进入剧院街
- 沿横街往南
- 进入商人街往东

芭布鲁的路线：

- 去热狗摊吃一个热狗
- 穿过草坪去大广场
- 沿大广场往北
- 沿码头街往东
- 去火车站
- 穿过游戏公园去剧院街
- 沿剧院街往西
- 去超市看特价商品广告
- 经过宠物店
- 到横街往北
- 沿剧院街往东

找出运动词汇

你可以找到多少个跟运动有关的词？横向和纵向都可以。

a	d	u	i	b	c	c	i	q	k
r	t	w	d	q	a	b	m	m	o
y	o	n	g	y	i	l	a	j	n
z	j	n	e	x	p	q	l	u	g
c	t	b	q	b	a	i	a	n	s
s	b	i	e	z	n	d	s	b	h
w	s	s	w	x	b	i	o	w	o
d	u	a	n	l	i	a	n	o	u
z	a	i	f	l	q	n	g	p	d
j	u	e	s	a	i	n	h	k	a
i	d	d	c	h	u	h	a	n	o
a	t	i	n	l	t	b	f	x	f
n	l	l	a	n	q	i	u	f	s
g	y	o	u	y	o	n	g	t	l

泳衣	篮球	自行车	裁判	决赛
钓鱼	足球	空手道	队	赛跑
马拉松	~~终点~~	奖	观众	橄榄球
游泳	~~壁球~~	起点	跳跃	出汗
网球	锻炼	获胜	比赛	

a	s	d	g	f	g	h	k	j
q	w	h	u	e	r	t	y	u
i	o	u	a	p	a	t	w	s
z	h	o	n	g	d	i	a	n
i	d	s	z	f	i	a	n	g
x	h	h	h	j	a	o	g	k
i	l	e	o	c	o	y	q	v
n	w	n	n	z	y	u	i	x
g	c	g	g	v	u	e	u	b
c	n	m	q	w	e	r	t	y
h	u	s	a	i	p	a	o	i
e	o	p	z	u	q	i	u	a
s	d	f	g	h	j	k	l	z
g	a	n	l	a	n	q	i	u

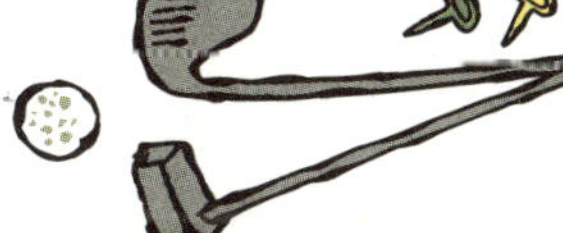

图画迷宫

一格一格前往终点。你只能走跟你所站的方格有相同颜色或图形的方格。

加油
加油
自行车
自行车
终点

这可真是丑闻！！！我们的东西去哪儿了？谁拿了我们的东西？
20

找出破坏假期的人

这真叫人气愤。有人“借走”了露营地的运动器具，我们必须把这人找出来！好在小偷在一个帐篷里给我们留了一张字条，可是小偷的名字被撕掉了。你能从书里把这些纸片找出来吗？

纸片上都有哪些拼音字母？

可爱的人啊，请停下来等一等！
别再让自己奔忙和运动了。
趁机放松一下，
毕竟夏天如此之短（而且大部分时间都被下雨占据了）。

平安与您同在

小偷是谁？

是的，在露营地偷东西是不对的。在这里，你们将取回自己的东西！

连线

把瓦乐比居民与他们所需的运动器具用线连起来！

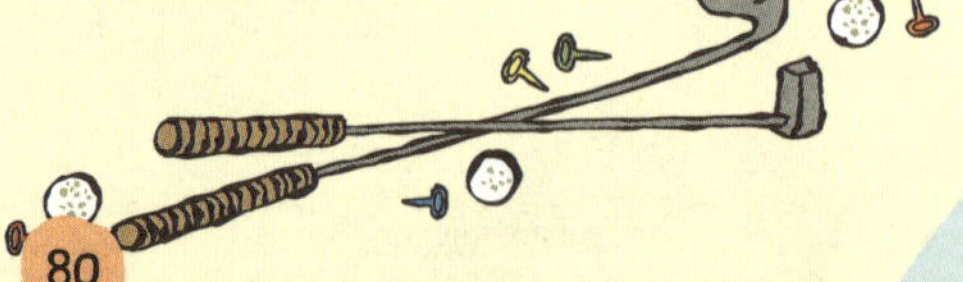

V

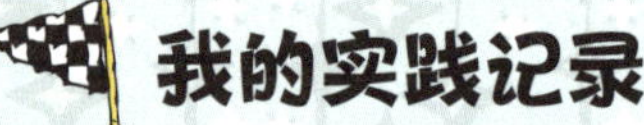

我的实践记录

在实践后填写

我的名字：……………………………………

这个月我做了这些事：……………………………………

踢足球　玩电子游戏　游泳　旅游

画画　烘焙　野营

骑自行车　做手工　……………………

最佳游泳地点：……………………………………

……………………………………………………

最佳游戏：……………………………………

我遇到的最有趣的人：

……………………………………………………

最有趣的动物：……………………………………

郊游去过的地方：……………………………………

……………………………………………………

我学会了：

这个月的一天（自己画）：

在实践后填写

我的名字：……………………

这个月我做了这些事：……………………

□踢足球 □玩电子游戏 □游泳 □旅游

□画画 □烘焙 □野营

□骑自行车 □做手工 □……………………

最佳游泳地点：……………………

……………………

最佳游戏：……………………

我遇到的最有趣的人：

……………………

最有趣的动物：……………………

郊游去过的地方：……………………

……………………

我学会了：

这个月的一天（自己画）：

在实践后填写

我的名字：……………………

这个月我做了这些事：……………………

□踢足球 □玩电子游戏 □游泳 □旅游

□画画 □烘焙 □野营

□骑自行车 □做手工 □……………………

最佳游泳地点：……………………

……………………

最佳游戏：……………………

我遇到的最有趣的人：

……………………

最有趣的动物：……………………

郊游去过的地方：……………………

……………………

我学会了：

这个月的一天（自己画）：

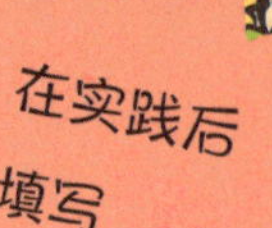

我的名字：………………………………

这个月我做了这些事：………………

☐踢足球 ☐玩电子游戏 ☐游泳 ☐旅游

☐画画 ☐烘焙 ☐野营

☐骑自行车 ☐做手工 ☐………………

最佳游泳地点：………………………………

………………………………………………

最佳游戏：………………………………

我遇到的最有趣的人：

………………………………………………

最有趣的动物：………………………………

郊游去过的地方：………………………………

………………………………………………

我学会了：

这个月的一天（自己画）：

答案

瓦乐比侦探赛

50—55 页

1-2	6-2	11-2
2-3	7-2	12-2
3-3	8-2	13-2
4-1	9-2	14-1
5-2	10-3	15-2

（第 1 题见《钻石谜案》，第 2 题见《报纸谜案》，第 3 题见《图书馆谜案》，第 4—5 题见《城堡谜案》，第 6 题见《赛马谜案》，第 7—10 题见《时尚谜案》，第 11—12 题见《生日谜案》，第 13 题见《图书馆谜案》，第 14 题见《自行车谜案》，第 15 题见《咖啡馆谜案》）

让人出汗的记忆训练

58—61 页

1. 狗。
2. 芭布鲁 · 帕尔姆。
3. 他的自行车的车轮格外小。
4. 跳绳。
5. 那只叫露露的猫。
6. 100KG。
7. 那只叫西尔弗斯特的猴子。

谁获胜了?

62—63 页

每个人分别在第几条泳道游泳?

1. 拉塞
2. 艾伦 · 阿斯普
3. 牧师
4. 佛朗哥 · 波罗
5. 于诺 · 斯旺
6. 阿佳塔 · 裘拉

是谁赢得了冠军?

是于诺 · 斯旺。

思考题

72—73 页

1. 牧师
2. 牧师
3. 芭布鲁

找出运动词汇

74—75 页

a	d	u	i	b	c	c	i	q	k	a	s	d	g	f	g	h	k	j
r	t	w	d	q	a	b	m	m	o	q	w	h	u	e	r	t	y	u
y	o	n	g	y	i	l	a	j	n	i	o	u	a	p	a	t	w	s
z	j	n	e	x	p	q	l	u	g	z	h	o	n	g	d	i	a	n
c	t	b	q	b	a	i	a	n	s	i	d	s	z	f	i	a	n	g
s	b	i	e	z	n	d	s	b	h	x	h	h	h	j	a	o	g	k
w	s	s	w	x	b	i	o	w	o	i	l	e	o	c	o	y	q	v
d	u	a	n	l	i	a	n	o	u	n	w	n	n	z	y	u	i	x
z	a	i	f	l	q	n	g	p	d	g	c	g	g	v	u	e	u	b
j	u	e	s	a	i	n	h	k	a	c	n	m	q	w	e	r	t	y
i	d	d	c	h	u	h	a	n	o	h	u	s	a	i	p	a	o	i
a	t	i	n	l	t	b	f	x	f	e	o	p	z	u	q	i	u	a
n	l	l	a	n	q	i	u	f	s	s	d	f	g	h	j	k	l	z
g	y	o	u	y	o	n	g	t	l	g	a	n	l	a	n	q	i	u

图画迷宫

76—77 页

找出破坏假期的人

78—79 页

小偷是牧师

这些拼音字母在这几页上：

M：52 页，U：57 页，S：64 页，H：69 页，I：75 页

连线

80—81 页

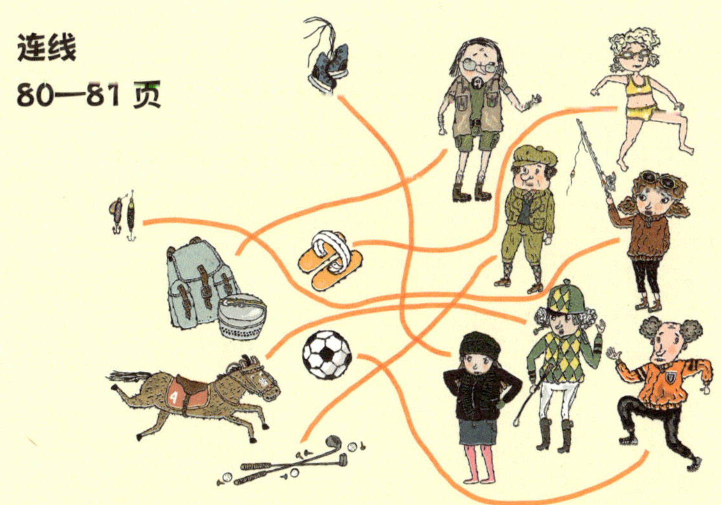

著作权合同登记号：图字 18-2023-134

图书在版编目（CIP）数据

拉塞-玛娅侦探所：实践版．瓦乐比运动会 /（瑞典）马丁·维德马克著；（瑞典）海伦娜·威利斯绘；徐昕译．-- 长沙：湖南文艺出版社，2023.9（2024.7 重印）
ISBN 978-7-5726-1274-9

Ⅰ．①拉… Ⅱ．①马… ②海… ③徐… Ⅲ．①儿童小说－侦探小说－瑞典－现代 Ⅳ．① I532.84

中国国家版本馆 CIP 数据核字（2023）第 122189 号

上架建议：儿童文学

LASAI-MAYA ZHENTAN SUO SHIJIAN BAN WALEBI YUNDONGHUI
拉塞-玛娅侦探所 实践版 瓦乐比运动会

著　　者：［瑞典］马丁·维德马克
绘　　者：［瑞典］海伦娜·威利斯
译　　者：徐　昕
出 版 人：陈新文
责任编辑：张子霏
监　　制：李　炜　张苗苗　文赛峰
策划编辑：文赛峰
特约编辑：丁　玥　焦玲玲
营销支持：付　佳　杨　朔　周　然
版权支持：王媛媛　刘子一
封面设计：梁秋晨
版式设计：李　洁
版式排版：李　洁
出　　版：湖南文艺出版社
（长沙市雨花区东二环一段 508 号 邮编：410014）
网　　址：www.hnwy.net
印　　刷：三河市中晟雅豪印务有限公司
经　　销：新华书店
开　　本：875 mm × 1230 mm 1/32
字　　数：38 千字
印　　张：3
版　　次：2023 年 9 月第 1 版
印　　次：2024 年 7 月第 2 次印刷
书　　号：ISBN 978-7-5726-1274-9
定　　价：128.00 元（全 6 册）

若有质量问题，请致电质量监督电话：010-59096394
团购电话：010-59320018